日本一短い手紙
「家族」殿
〈増補改訂版〉

本書は、平成十六年度の第二回「新一筆啓上賞―日本一小さな物語『家族』との往復書簡」（福井県丸岡町・財団法人丸岡町文化振興事業団主催、日本郵政公社・文化庁後援、住友グループ広報委員会特別後援）の入賞作品を中心にまとめたものである。

同賞には、平成十六年六月一日～九月十五日の期間内に一万七五八通の応募があった。平成十七年一月二十五日に最終選考が行われ、大賞五篇、秀作一〇篇、住友賞二〇篇、メッセージ賞一〇篇、丸岡青年会議所賞五篇、佳作九九篇が選ばれた。同賞の選考委員は、小室等、佐々木幹郎、中山千夏、西ゆうじの諸氏であった。

本書に掲載した年齢・職業・都道府県名は応募時のものである。

※手紙の解説文は一部を削除した。

目次

入賞作品

大賞〔日本郵政公社総裁賞〕 6

秀作〔日本郵政公社北陸支社長賞〕 11

住友賞 21

メッセージ賞 41

丸岡青年会議所賞 — 51
佳作 — 58
あとがき — 158

大賞

秀作

住友賞

メッセージ賞

丸岡青年会議所賞

「ひ孫からひいおばあちゃんへ」

ひ孫《まご》の由佳《ゆか》です。分《わ》かりますか。
今日《きょう》は一体《いったい》何歳《なんさい》なんですか。

「ひいおばあちゃんからひ孫へ」

私《わたし》には、ひ孫《まご》なんていませんよ。
だって、まだ結婚《けっこん》もしていませんのに。

ボケてしまって、毎日年齢の変わるひいおばあちゃんに手紙を出してみたら、
娘すら生まれていない結婚前まで、もどっていた。

大賞
［日本郵政公社総裁賞］
大西 由佳
大阪府 15歳 中学校3年

「飼い主から愛犬ハナへ」

雨《あめ》がこう多《おお》いと億劫《おっくう》なもんでねぇ。
散歩《さんぽ》にも連《つ》れて行《い》けなくて。

「愛犬ハナから飼い主へ」

ごっついストレスたまるわ。
おまえも鎖《くさり》で繋《つな》がれてみぃや。

小さい頃は、よくかわいがってあげたのに、
成犬になってからは、あまりかまってやっていない愛犬への手紙。

大賞
［日本郵政公社総裁賞］
刀根 雅巳
三重県 27歳 公務員

「母から子へ」

産《う》んだ時《とき》から
あなたの声《こえ》が聞《き》けなくて、
内緒話《ないしょばなし》もできないね。

「子から母へ」

そうだね。でも気《き》づいてた？
手話《しゅわ》わかる人少《ひとすく》ないから、
毎日《まいにち》が内緒話《ないしょばなし》だったんだよ。

大賞
［日本郵政公社総裁賞］
長山 京子
北海道 17歳 高校3年

「夫から妻へ」

今《いま》まで言《い》わんかったけど、
まゆ毛《げ》の描《か》き方《かた》ヘンやと思《おも》う。

「妻から夫へ」

わたし本体《ほんたい》に関《かん》しては、何《なん》の関心《かんしん》も、
もってないと思《おも》っていたのですが。

大賞
［日本郵政公社総裁賞］
林 好栄
福井県 41歳 主婦

やせた太った、化粧にいたるまで、いつも知らん、わからんの返事しかかえってこなかったのに、
急にいわれると大変気になるし、色々おもってくれてたんだとおもうと、少しうれしい。

「娘からお母さんへ」

火《ひ》火《ひ》火《ひ》火《ひ》火《ひ》火《ひ》がきらい
ほほののううりうりのやおかさん。
いちばん。。。。。。

「お母さんから娘へ」

はっはっは。大《だい》すきな加奈子《かなこ》。
気《き》をつけるよ、火《ひ》の用心《ようじん》。あってる？

大賞
［日本郵政公社総裁賞］
村井 加奈子
福井県 6歳 小学校1年

意味不明ですが、おもしろい手紙を受け取ったので、返事が書きたくなりました。

「姉から妹へ」

妹《いもうと》よ、いつのまにか身長体重《しんちょうたいじゅう》、
体《からだ》のサイズ全《すべ》てぬかされ
私《わたし》がお下《さが》りを着《き》てるの知《し》ってる?

「妹から姉へ」

姉《あね》よ、それより
たんすにあったかわいい靴下《くつした》を
母《はは》がはいているのを知《し》っているか?

妹の着られなくなった服が私に回ってきてるのを、妹自身は知っているのでしょうか?

秀作
[日本郵政公社北陸支社長賞]
新谷 夏未
北海道 15歳 高校1年

「母から家族へ」

「夕《ゆう》ごはん何《なに》が食《た》べたい？」って聞《き》いた時《とき》
「何《なん》でもいい」って答《こた》えないで。

「家族から母へ」

「何《なん》でもいい」って
答《こた》えるってわかっていて聞《き》かないで。

何が食べたいって聞く時、ほんと思考能力ゼロなんだぁ〜。
ほんとうは「外食がいい」って言ってくれないかなあ。

秀作
［日本郵政公社北陸支社長賞］
石尾 愛子
神奈川県 54歳 図書館司書

「妹から兄へ」

いすに座《すわ》る時《とき》、
いつも足《あし》を持《も》ってくれてありがとう。
これからもよろしくね。

「兄から妹へ」

いい筋《きん》トレになってるよ。
もう少《すこ》し太《ふと》ってくれた方《ほう》が、
持《も》ちごたえあるなあ。

体幹機能、四肢マヒの障害のため移動は介護を頼みます。
お母さん一人ではむずかしいので、お兄さんにも手伝ってもらいます。

秀作
［日本郵政公社北陸支社長賞］
金子 真紀子
東京都 18歳 高校3年

「息子からお母さんへ」

お母《かあ》さん、このきれいになったガスコンロと
結婚《けっこん》することをちかいますか。

「お母さんから息子へ」

はい、よっちゃんがみがいてくれたんだもの、
大切《たいせつ》にする事《こと》をちかいます。

秀作
［日本郵政公社北陸支社長賞］
宿澤 嘉鷹
福井県 8歳 小学校3年

家族で大そうじの時、8歳の長男がコンロの油汚れを一生懸命みがいてくれました。
ピカピカになった事に満足したのでしょう。

「娘から両親へ」

京都《きょうと》では
長靴《ながぐつ》を置《お》いてない店《みせ》がいっぱいやで！

「両親から娘へ」

雪《ゆき》かきせんでいいで楽《らく》やろ。
長靴《ながぐつ》買《か》ってやるでいつでも手伝《てつだ》いに来《こ》い。

福井から京都へ嫁いだ私が受けたカルチャーショックです。

秀作
［日本郵政公社北陸支社長賞］
眞保 ふみ代
京都府 27歳 主婦

「母から子へ」

約束《やくそく》を守《まも》らない子《こ》はきらいです。
そんな子《こ》はもう帰《かえ》ってこなくていいです。

「子から母へ」

ただいま。
お母《かあ》さんのきらいな悪《わる》い子《こ》の翼《つばさ》が
いい子《こ》に変身《へんしん》して帰《かえ》ってきました。

登校前のこと。約束を守らなかった小学6年の息子、翼に、紙に書いて渡したところ、仕事から帰った私に息子がこんな返事をくれました。

秀作

［日本郵政公社北陸支社長賞］

田上 幸子

北海道 45歳 主婦

「母から子供たちへ」

眉間《みけん》のたてじわがとれなくなるから、
お母《かあ》さんを怒《おこ》らせないように。

「子供たち代表・長男から母へ」

おばあちゃんのおかおのしわは、
おかあさんがつけたんだね。

秀作
［日本郵政公社北陸支社長賞］

都筑 明子
福井県 35歳 医師

「祖母から孫娘へ」

あんたは、婆《ばあ》ちゃんの宝物《たからもの》だよ。

どこかに大切《たいせつ》にしまっておきたい位《くらい》だよ。

「孫娘から祖母へ」

お婆《ばあ》ちゃんの宝物《たからもの》って、

もしかしたら、ガラクタってこと？

いやだよう̶。

何でも宝物と言って、大切にしまっておく私を家族は、「ガラクタだよ」と言って笑います。

秀作

〔日本郵政公社北陸支社長賞〕

中川 曙美

新潟県 64歳 主婦

「妻から夫へ」

手術室《しゅじゅつしつ》へと見送《みおく》るあなたが、
一番辛《いちばんつら》かったのを私《わたし》は知《し》っていました。

「夫から妻へ」

あの時《とき》、何故《なぜ》か
「健《すこ》やかなる時《とき》も、病《や》める時《とき》も」の
フレーズを呟《つぶや》いていたよ。

ここ2～3年は手術入院の繰り返しだった。夫はきっと私以上に辛かったにちがいない。

秀作
［日本郵政公社北陸支社長賞］
中川 さゆり
埼玉県 46歳 主婦

「息子から母へ」

お母《かあ》さん早《はや》く帰《かえ》って来《き》てください。
犬《いぬ》と猫《ねこ》と猫《ねこ》と猫《ねこ》が大変《たいへん》です。

「母から息子へ」

犬《いぬ》と猫《ねこ》には、退院《たいいん》するまで
息子《むすこ》のことを頼《たの》んでおきました。
安心《あんしん》して下《くだ》さい。

現在、母上入院中。

秀作
［日本郵政公社北陸支社長賞］
丸山 拓美
大阪府 15歳 高校1年

「娘から母へ」

ママはいつも「早《はや》くねなさい。」と言《い》うけど
たまにはいっしょに本《ほん》でも読《よ》まない？

「母から娘へ」

素敵《すてき》なお誘《さそ》いありがとう。
あなたが少《すこ》しお手伝《てつだ》い、
してくれるならできそうよ！

大人っぽい誘いに、うれしくもあるが、家事等忙しいのが現実。母

住友賞
稲葉 真衣子
福井県 11歳 小学校6年

「飼い主からネコへ」

ねぇいい加減《かげん》にしてよ。
おかげで障子《しょうじ》が穴《あな》だらけでしょ。
わかってるの？

「ネコから飼い主へ」

いいじゃない。
私《わたし》だってお客《きゃく》さんが来《き》た時《とき》は
ちゃんとネコ被《かぶ》ってるわよ。

家の中を走り回っている我が家のネコ。元気なのはいいけど何回障子をはり替えたか…。

住友賞
上田 実佳
東京都 15歳 中学校3年

「母から娘へ」

部活《ぶかつ》お疲《つか》れ様《さま》。いつも頑張《がんば》ってるから、
今日《きょう》の夕飯《ゆうはん》頑張《がんば》っちゃった。いっぱい食《た》べてね。

「娘から母へ」

トンカツに肉《にく》じゃがに酢豚《すぶた》…。
ねぇ、今日《きょう》豚肉《ぶたにく》の特売日《とくばいび》だったでしょ？

住友賞
内山 佳子
東京都 16歳 高校2年

特売日に大量に購入し、皆が飽きないようにいろんな味に挑戦してるお母さん。

住友賞

岡田 早苗
東京都 65歳 主婦

「孫からおじいちゃんへ」

おたんじょうびおめでとう
こんどなんさいになったの
10さいくらい？

「おじいちゃんから孫へ」

けえきおいしかったぞ
なんさいかわすれたなあ
10さいでもいいよ

主人の誕生日にケーキの宅急便と共に四歳の男孫から手紙が入っていた。彼にとって十歳はよほどの年なのだろう。主人はすっかり照れて、私はその顔を十歳と思った。

「娘から父へ」

お父《とう》さん、お前《まえ》たちが人混《ひとご》みにいても
見《み》つけ出《だ》せるって、すごい自信《じしん》だね。

「父から娘へ」

我《わ》が家《や》の三《さん》ヶ《か》条《じょう》は、
顔《かお》がデカイ・声《こえ》がデカイ・
それから態度《たいど》がデカイだから。

デパートへ父・母と三人で出掛けた際に、父だけ別に行動するときに「別行動で平気？」と聞いた父の答え。

住友賞
加賀 祐子
埼玉県 19歳 大学2年

「娘から母へ」

今《いま》なら言《い》える。
お母《かあ》さん、障害《しょうがい》を持《も》った弟《おとうと》と
めぐり逢《あ》わせてくれてありがとう。

「母から娘へ」

ずっと思《おも》ってたよ。
けいちゃんのお姉《ねえ》さんに
生《う》まれて来《き》てくれてありがとうって。

どうして けいちゃん（弟）は皆と違うの？どうしてこんななの？どうして普通じゃないの？
神様からのプレゼントって気づくまでに20年かかりました。

住友賞
川尻 真紀
三重県 30歳 地方公務員

「娘から父へ」

父《とう》さん、しいよう帰《かえ》ってこんかったら母《かあ》さん、えらい事《こと》になっとるでぇ。（しいよう＝ひんぱんに）

「父から娘へ」

メール見《み》た。ホンマにえらい事《こと》になっとるのぉ。画像《がぞう》急《いそ》いで削除《さくじょ》した。

住友賞
久米 敬子
香川県 27歳 派遣社員

父さんが、単身赴任で家に三ヶ月に一回しか帰ってこないので、母さんが気のゆるみのせいか…。どんどんと肥えてしまっている。。父さんに母の画像を送ったらスグに返事が来た。

「妹から姉（ねっちゃん）へ」

ケガのあべ、なてだ？
こんな時《とき》こそ、カメラ付《つ》きケータイだで。
傷口《きずぐち》、見《み》してみん。

「姉から妹へ」

傷口《きずぐち》もなも、まだ、
ガーゼ取《と》らんねなやな。
ガーゼの写真《しゃしん》でもいんだが？

手紙の中に濁点が多いのは地元の訛。手紙でもメールでも訛るのは家族の証。

住友賞
小寺 純子
秋田県 27歳 会社員

「お父さんからお母さんへ」

「泥船《どろぶね》に乗《の》ったつもりで来《こ》い」
言《い》い間違《まちが》ったプロポーズ
乗《の》り心地《ごこち》はいかが？

「お母さんからお父さんへ」

言葉通《ことばどお》りの泥船《どろぶね》は、
沈《しず》むことなく36年目《ねんめ》を航海中《こうかいちゅう》…
船長《せんちょう》、この先《さき》もよろしくね。

住友賞
坂口 雄喜
熊本県 64歳

「大船に乗ったつもりでついてきて下さい」と、言うはずだったプロポーズ。当時は自己嫌悪。

「妻から夫へ」

二十数年前《にじゅうすうねんまえ》の恋文《こいぶみ》、読《よ》み返《かえ》しました。
恥《はず》かしかったけど、胸《むね》がキュンとなりました。

「夫から妻へ」

か、か、返《かえ》してくれ～!!

昨秋、突然リュウマチに。歩行困難になり、1ヶ月程入院。
退院後、自宅で見つけた26年前の主人からのラブ・レター。

住友賞
塩澤 仁己
群馬県 52歳
グラフィック・デザイナー

「みんなから京子へ」

災害《さいがい》で失《うしな》った物《もの》は沢山《たくさん》あるが
目《め》には見《み》えぬかけがえのない家族《かぞく》の絆《きずな》を手《て》にした

「京子からみんなへ」

同《おな》じ屋根《やね》の下《した》に住《す》んでいたが、
みんなバラバラ
災害《さいがい》を受《う》け心《こころ》が一《ひと》つになったね

8月30日台風と高潮で床上浸水。家財道具・電器製品・車とほとんどの物を失った。真夜中、停電でロウソクの灯の中、横になることもできず、不安な夜を過した。

住友賞
谷 京子
岡山県 41歳 自営業

「夫から妻へ」

おれが先《さき》に逝《い》って、
いい場所《ばしょ》を取《と》っておくから
お前《まえ》はあとでゆっくり来《こ》いよ。

「妻から夫へ」

ありがとう。
でも私《わたし》は方向音痴《ほうこうおんち》だから、
道《みち》しるべ立《た》てて置《お》いてよ。約束《やくそく》ですよ。

3年前から入退院を繰り返すようになっていた夫は、時々こんな冗談を言っていた。

住友賞
千葉 千代
山形県 76歳

「夫から妻へ」

いつも買《か》い物《もの》御《ご》苦《く》労《ろう》さん。
あのスーパーなら俺《おれ》もつきあうぞ。

「妻から夫へ」

やさしい言葉《ことば》をありがとう。
マッサージ機《き》コーナーの常連《じょうれん》さん。

若い頃の夫は、恥ずかしがって買い物に付き合ってくれなかったが、風向きがかわった。お目当てはマッサージコーナーだ。老けたなぁ、とつくづく思うこの頃である。

住友賞
中川 千鶴子
岩手県 50歳 主婦

「娘から父へ」

お父《とう》さん虫《むし》見《み》て叫《さけ》ぶけど、
お母《かあ》さん平気《へいき》な顔《かお》して退治《たいじ》する。
それって逆《ぎゃく》やん!!

「父から娘へ」

娘《むすめ》よ、それが我《わ》が家《や》のいい所《ところ》、
おまえも強《つよ》くなるんやぞ!!

住友賞
西 祐佳里
大阪府 15歳 中学校3年

「弟から兄へ」

でかにいちゃん、
ひとりぐらしがんばっている？
ぼくすぐにあそびにいくよ。

「兄から弟へ」

じゃ、すぐに
しょう油《ゆ》を持《も》って来《き》てくれ。
買《か》ったしょう油《ゆ》はまずいんだ。

今年の4月から大学に入学し、ひとりぐらしを始めた兄ですが、家のしょう油の味でないとだめだったみたいです。

住友賞
はやみず せいと
福井県 6歳 小学校1年

「息子から母へ」

おかあさん、この前《まえ》はサンキュー。
久《ひさ》しぶりに帰《かえ》って楽《たの》しかったよ。

「母から息子へ」

それはよかった。
でも、知《し》らなかったよ。
わが家《や》がクラス会《かい》の会場《かいじょう》だったなんて。

今夜はご馳走を作ろう。久しぶりに息子と会える。帰宅すると、なぜか、高校三年生の時のクラスメートが大集合。母は少しがっかり。

住友賞
牧田 紀子
群馬県 51歳 会社員

「妹からお兄ちゃんへ」

お兄《にい》ちゃん
こわい犬《いぬ》から守《まも》ってくれてありがとう。
とってもかっこいいよ。

「お兄ちゃんから妹へ」

本当《ほんとう》は兄《にい》ちゃんだって怖《こわ》いんだ。
おいはらうのがひっしで
大声《おおごえ》を出《だ》しただけだ。

息子（6歳）と娘（4歳）の2人で散歩をしていたところ、野良犬に遭遇。妹は、自分を守ってくれた兄の姿が大きく見えたのだと思います。

住友賞
村田 奈々実
埼玉県 4歳

「息子からお父さんへ」

お父《とう》さんのまくらで、ねた時《とき》
お父《とう》さんのにおいがしたよ。
早《はや》く帰《かえ》ってきてね。

「お父さんから息子へ」

金曜日《きんようび》の夜《よる》に帰《かえ》るし、
帰《かえ》ったら、いっしょに
キャッチボールをしよう。

住友賞
山岸 広夢
福井県 8歳 小学校3年

単身赴任中のお父さんが急に恋しくなったのか、押入から大きな枕を引っ張り出してきました。
主人もこの言葉に、予定より一週間早く帰ってきました。

「妻から夫へ」

その鼾《いびき》なんとかして。
毎晩《まいばん》煩《うるさ》くて眠《ねむ》れません。
止《と》まると「無呼吸《むこきゅう》」かと気《き》になるし。

「夫から妻へ」

御免《ごめん》、そんなに迷惑《めいわく》かけていたなんて
知《し》らなかった。
君《きみ》のはそこまでひどくないよ。

毎晩の鼾に、ついに堪忍袋の緒が切れて訴えたつもりが「お互い様」だったようで…。

住友賞
山田 貴砂子
埼玉県 42歳 会社員

「娘から父へ」

そんなに頭《あたま》たたいても毛《け》は、
はえてこうへんよ。
たたき過《す》ぎて、血《ち》が出《で》てるよ。

「父から娘へ」

血《ち》が出《で》るほどの努力《どりょく》をわからんか。
毛根《もうこん》に喝《かつ》を入《い》れて、
根性《こんじょう》を見《み》てるんや。

定年退職した父。ひまがあるたび頭をたたく姿がかわいらしく見えて、
からかったら、ムキになって…。そんな64歳の父がとてもかわいい♡

住友賞
山本 佳子
岐阜県 37歳 主婦

「母からみのりへ」

永代借用証《えいたいしゃくようしょう》

服《ふく》、靴《くつ》、バッグ、若《わか》づくりで押《お》し通《とお》すからね。

泣《な》きながら。

「みのりから母へ」

永代許可証《えいたいきょかしょう》

サイズも好《この》みも同《おな》じだもんね。

遺品《いひん》はママにバッチリよ。

五年前のことです。大学四年生の一人娘が、交通事故の被害に遭い急逝致しました。
以後、遺品の何れかを身に付ける毎日です。

メッセージ賞
岡本 信子
徳島県 53歳 主婦

「おかあさんから直子へ」

なおこのポスト、かわいいね。
おかあさんもおてがみ
いれたくなっちゃった。

「直子からおかあさんへ」

おかあさんへ
さっきおてがみくれて
ありがとうね。

5才の長女がティッシュの空箱でポストを作りました。
長女とのコミュニケーションを大切にしたいです。

メッセージ賞
柏谷 安規子
大阪府 30歳 主婦

「おじいちゃんから桜へ」

北海道旅行《ほっかいどうりょこう》のおみやげに、
桜《さくら》ちゃんの好《す》きなチョコレート買《か》ってきたよ。

「桜からおじいちゃんへ」

おじいちゃん、
チョコレートありが百《ひゃっ》ぴき！

メッセージ賞
久保園 桜
福岡県 7歳 小学校1年

「ありが10ピキ」なんて言葉は母親の私には聞きなれたフレーズなのですが、とっても嬉しい気持ちを10倍にして伝えた言葉は、おじいちゃんには新鮮だったようです。

メッセージ賞

栗原 尚美

埼玉県 35歳 主婦

「息子からママへ」

ママが夢《ゆめ》を消《け》したから―

食《た》べられなかったじゃないか

せっかくの天《てん》ぷらそば

「ママから息子へ」

夢《ゆめ》の中《なか》で食《た》べても

おなかいっぱいにならないんだよ。

おしっこと違《ちが》って。

布団をかけ直した時、目を覚ましてしまった息子のりゅう（4才）が大声で叫びました。

「夫から妻へ」

お前《まえ》がやってた鍋《なべ》を焦《こ》がす、風呂《ふろ》が溢《あふ》れる、
今《いま》みんな俺《おれ》が引継《ひきつ》いでる。安心《あんしん》しろ。

「妻から夫へ」

ハイハイご苦労様《くろうさま》。
薬《くすり》のんでる？ 長生《ながい》きしてね。
閻魔様《えんまさま》に断《ことわ》ってお盆《ぼん》には帰《かえ》ります。

メッセージ賞
小山年男
千葉県 74歳

そそっかしい性格でしたが、愛すべき女房殿でした。今になって偉大な存在に気がつきました。
難病で亡くなり間もなく三回忌です。合掌。

「娘から父へ」

いつも仕事《しごと》おつかれさま。
高校《こうこう》の先生《せんせい》は大変《たいへん》やと思《おも》うで。

「父から娘へ」

ありがとう。
おまえらみたいな生徒《せいと》ばっかりやから
ほんましんどいわ。

メッセージ賞
里路 みどり
兵庫県 16歳 高校1年

「母から娘へ」

別《べつ》に行《い》かんでもええよ。
一週間《いっしゅうかん》ぐらい休《やす》み。
それで家《いえ》の手伝《てつだ》いしてな。

「娘から母へ」

そんな事《こと》言《い》われたら、
逆《ぎゃく》に恐《こわ》くて休《やす》めません。
休《やす》みたいのだけれど。

学校を休みたいと言った私に、いつも母はこんなことを言ってきます。

メッセージ賞
東川 瑞枝
大阪府 16歳 高校2年

「妹から姉へ」

ねーちゃーん、手紙《てがみ》の内容《ないよう》考《かんが》えてやー。
思《おも》いつかへんねんてー。

「姉から妹へ」

なんで家族《かぞく》の私《わたし》が家族宛《かぞくあて》の手紙《てがみ》の内容《ないよう》
考《かんが》えなあかんのよ!? おかしいやろ!!

この「家族との往復書簡」の手紙の内容を考えているときに姉に送ったメールです。
そして姉からの返事が…。もっともな意見です。

メッセージ賞
松浦 裕美子
大阪府 16歳 高校2年

「娘からお母さんへ」

なぁおかん、機嫌《きげん》悪《わる》い時《とき》

やつあたりしてごめんなさい。

「お母さんから娘へ」

いいの、気《き》にしないで。

私《わたし》はお父《とう》さんにあたっているから。

メッセージ賞

松村 美里

大阪府 16歳 高校1年

「かいちゃんからばあちゃんへ」

ばあちゃんのほっぺに
ぼくのほっぺをあわせると、
心《こころ》がほわほわするよ。

「ばあちゃんからかいちゃんへ」

かいちゃんと、
ほっぺすりすりだいすきだよ。
いつまで　やってくれるかな。

息子は、学校から帰ると、祖母に抱きつき、頬と頬を合わせ、「気持ちいい」と言ってニコニコ顔です。孫と祖母とのささやかなスキンシップです。（父）

メッセージ賞
山田 魁人
福井県　9歳　小学校3年

「娘からお父さんへ」

わたしとお父《とう》さんって
顔《かお》がよくにているね、って言《い》われるよ。
うれしい？

「お父さんから娘へ」

うん。うれしいよ。
でも、杏奈《あんな》と話《はな》していると
家《いえ》の中《なか》にお母《かあ》さんが二人《ふたり》いるようだよ。

他人から見ると、笑えるくらい似ているそうです。お母さんの隣で杏奈が寝ていると
まるでお父さんが寝ているように見える時もあります（笑）。（お母さんより）

丸岡青年会議所賞
風尾 杏奈
福井県 8歳 小学校3年

「娘からお母さんへ」

お母《かあ》さん、
いつも、いつもお仕事《しごと》がんばっていて
お母《かあ》さんはとってもすごい人《ひと》です。

「お母さんから娘へ」

みいちゃんの百M《ひゃくメートル》の
がんばりの方《ほう》がすごいよ。
ゴールテープはりたかったよ。

子供には、右手足に軽度の運動神経まひがあります。
日々のあらゆるハンデを自分でのりきるその姿に、母というより人間として脱帽です。

丸岡青年会議所賞
北川 実沙都
福井県 11歳 小学校5年

「兄から弟へ」

弟《おとうと》よ。なぜ僕《ぼく》のことをお兄《にい》ちゃんと呼《よ》び、妹《いもうと》のことだけ呼《よ》びすてをするのだ。

「弟から兄へ」

それは初《はじ》めてお姉《ねえ》ちゃんの名前《なまえ》を言《い》ったときのひびきがよかったから。

弟の話では、ふつうの時は、呼びすてにし、何か物をねだったり、つごうが良くなると「お姉ちゃん」と呼ぶらしい。

丸岡青年会議所賞
木下 明彦
福井県 12歳 小学校6年

「娘からおかあさんへ」

いつもたまごっちをみてくれてありがとう。
わたしはかんしゃをしてます。

「母から娘へ」

たまごっち!?
そうね…楓《かえで》ちゃんを育《そだ》てるより
ずうっと楽《らく》かもね!?

丸岡青年会議所賞
釣部 楓
福井県 7歳 小学校2年

「妹からお姉ちゃんへ」

しおりちゃん、たたいてごめんね。
お母《かあ》さんに言《い》わんといての。
大《だい》すきやよ。

「お姉ちゃんから妹へ」

ちゃんと、お姉《ねえ》ちゃんって言《い》ってや。
言《い》ったら許《ゆる》す。
あんた泣《な》くと私《わたし》も涙出《なみだで》る。

丸岡青年会議所賞
薮腰 葵
福井県 9歳 小学校3年

小学3年生と中学2年の姉妹です。小学生の方がとてもえらそうでいつも姉を泣かしています。
でも、姉もこりずに妹の面倒をみています。

佳作

家族

「夫から妻へ」

吹雪《ふぶき》だったろう？　嬉《うれ》しかったよ。
ケーキはつぶれていたけど、最高《さいこう》に美味《おい》しかった。

「妻から夫へ」

バスが来《こ》ないの。もう慌《あわ》てちゃって。
「雪《ゆき》が降《ふ》る」のテープ、
どこかで落《お》としちゃった。

石原　敬三
北海道　69歳

「孫から祖父へ」

ばあちゃんが死《し》んでから
時間《じかん》経《た》つの早《はや》く感《かん》じるね、じいちゃん。

「祖父から孫へ」

ばばが死《し》んでから、
じじは時間《じかん》が止《と》まってるよ。

三浦 美和子
北海道 18歳 高校3年

「娘から父へ」

急《きゅう》に誘《さそ》われて、バーゲンに走《はし》ったのよ。
左目《ひだりめ》のアイシャドウ忘《わす》れたまんま。

「父から娘へ」

やっぱりさ、化粧《けしょう》はしないほうがいい。
子供《こども》がこわがり、寄《よ》りつかないよ。

藤倉 清光
岩手県 69歳

「娘から父へ」

まだ脛《すね》はのこっていますか？
かじりすぎてごめんなさい。

「チチから娘へ」

ハヤクヨメニイッテクレ、
ソシテマゴヲミセテクレ、
ノコリハマゴニクワセル。

武田 光夫
宮城県 60歳

「娘から父へ」

お父《とう》さん助《たす》けて。
六年《ろくねん》も家《いえ》に籠《こも》ってたら道《みち》が判《わか》んなくなっちゃった。
地図《ちず》を貸《か》して。

「父から娘へ」

地図《ちず》は貸《か》せない。
それよりも、一人《ひとり》で山《やま》に登《のぼ》ってご覧《らん》。
君《きみ》の地図《ちず》はきっとそこにある。

中川 恵理子
秋田県 19歳

「孫からじいちゃんへ」

いつも川《かわ》に行《い》くと鮎《あゆ》を取《と》っては、
僕《ぼく》に食《く》わせてくれるじいちゃん。
ありがと。

「じいちゃんから孫へ」

また一緒《いっしょ》に行《い》くべな。
行《い》けるのもあと少《すこ》しだから、
これからもいっぱいいぐべな。

高橋 慶司
山形県 14歳 中学校2年

「妻から夫へ」

赤《あか》ちゃんができたらしいの。
早《はや》く結婚式《けっこんしき》挙《あ》げないと世間《せけん》がうるさいわ。
どうしよう。

「夫から妻へ」

僕《ぼく》の転勤《てんきん》が迫《せま》っているのを口実《こうじつ》に、
双方《そうほう》の親《おや》を説得《せっとく》して式《しき》を早《はや》めよう。
君《きみ》も頑張《がんば》れ。

西岡 孝
福島県 80歳 専修学校職員

「息子から母へ」

かあちゃん、かあちゃんよ、
なんでそんな目《め》で見《み》てるんだ、
俺《おれ》だよ、息子《むすこ》の俺《おれ》だよ。

「母から息子へ」

わしはなあ、なんにもわかんねえ、
なんでこんなになったんだよ、
なんで、なんでだ。

渡辺 富治夫
福島県 68歳

「夫から妻へ」

鉄骨屋《てっこつや》、バイク屋《や》、運転手《うんてんしゅ》、
そして今《いま》、高校教師《こうこうきょうし》。
我儘《わがまま》許《ゆる》してくれてありがとう。

「妻から夫へ」

何《なに》かやってくれると信《しん》じていたけど、
高校中退《こうこうちゅうたい》から
本当《ほんとう》に先生《せんせい》になっちゃったね。

青木 太
茨城県　39歳　高校教諭

「母から遼介へ」

バスに乗《の》る君《きみ》の背中《せなか》がまぶしくて
帰《かえ》り道《みち》わけもなく涙《なみだ》が出《で》てきてしまったよ。

「遼介から母へ」

母《かあ》さん、一泊二日《いっぱくふつか》の修学旅行《しゅうがくりょこう》。
僕《ぼく》、白虎隊《びゃっこたい》じゃないんだから泣《な》くなよ。

今井 裕子
茨城県 38歳

「祖母から孫へ」

お二人様《ふたりさま》　仲《なか》よく元気《げんき》で暮《く》らして下《くだ》さい。
これ　さいごと思《おも》ふので
胸《むね》いっぱいで書《か》けなくなりました。

「孫から祖母へ」

私《わたし》がどんなに望《のぞ》まれ、
どれほど愛《あい》されているかわかっています、
おばあちゃん。

阿部　めぐみ
栃木県　46歳　主婦

「父から娘へ」

「月光《げっこう》」の第一楽章《だいいちがくしょう》が弾《ひ》けるようになったよ。
ママは第二楽章《だいにがくしょう》も弾《ひ》けるそうだ。

「娘から父へ」

第三楽章《だいさんがくしょう》は私《わたし》が弾《ひ》くから、
来月《らいげつ》の金婚式《きんこんしき》には三人《さんにん》で発表会《はっぴょうかい》をしようよ。

栗原 英也
群馬県 79歳

「姉から弟へ」

明日《あした》、ママの誕生日《たんじょうび》なんだよ。
だからさ、一応《いちおう》、一時《いちじ》休戦《きゅうせん》申《もう》し込《こ》む!!

「弟から姉へ」

えー、いいよ。
条件《じょうけん》はお菓子《かし》と今度《こんど》のゴミ捨《す》てに行《い》くの、
一回《いっかい》おごりだよ。

午頭 志穂
埼玉県 14歳 中学校3年

「父から大蔵大臣へ」

大臣《だいじん》、今月《こんげつ》はお土産《みやげ》を買《か》いすぎてピンチのため、
特別予算一万円《とくべつよさんいちまんえん》を要求《ようきゅう》します。

「大蔵大臣から父へ」

わかりました。
そのお金《かね》で今度《こんど》も家族《かぞく》の笑顔《えがお》を
買《か》って来《き》て下《くだ》さい。

田中 時光
埼玉県 17歳 高校2年

「娘から父へ」

お父《とう》さん、今度《こんど》の作文《さくぶん》はコンクールに出《だ》すんだよ。
何《なに》をどう書《か》こうかな。

「父から娘へ」

お前《まえ》は何《なに》も考《かん》えるな。
お前《まえ》は丁寧《ていねい》に清書《せいしょ》するだけで
表彰《ひょうしょう》間違《まちが》いないからな。

岩瀬 千華
千葉県 18歳 高校3年

「息子から母へ」

毎日《まいにち》ヨン様《さま》ヨン様《さま》って言《い》ってるけどさ、
たまには俺様《おれさま》のことを気《き》にかけてくれよ。

「母から息子へ」

ヨン様《さま》よりも気《き》にかけてるわよ。
いつまで経《た》ってもお子様《こさま》なんだから。

田浦 大介
千葉県 18歳 高校3年

「母から美雪（娘）へ」

ゆでただけの野菜《やさい》でも
「料理《りょうり》が上手《じょうず》」と喜《よろこ》んで食《た》べてくれてありがとう。

「美雪（娘）から母へ」

おかあちゃんがつくって、
みんなでたべるごはんが、
いちばんおいしいよ。

内藤　あゆ美
千葉県　37歳　主婦

「娘から母へ」

ねえ、お母《かあ》さん。
お母《かあ》さんはどうして、お父《とう》さんと結婚《けっこん》したの？

「母から娘へ」

だって、結婚《けっこん》してくれなかったら、
ビルの上《うえ》から飛《と》び降《お》りるって言《い》うんだもん。

石指 絵梨奈
東京都　15歳　中学校3年

「飼い主から犬へ」

お前《まえ》はいっつも寝《ね》てるな～

でも俺《おれ》が帰《かえ》ってくると　起《お》きてる　なんでだ？

「犬から飼い主へ」

ワン!!　ワ～～～ン!!

ガルルギャンギャン!!　ワンワンワン

伊藤 勇生
東京都 19歳 高校4年

「息子から母へ」

俺《おれ》入院《にゅういん》も手術《しゅじゅつ》も点滴《てんてき》もいやだ。
こりごりだ。痛《いた》くなるな！
でも母《かあ》ちゃんよ楽《らく》になるぜ。

「母から息子へ」

雅文《まさふみ》が手術《しゅじゅつ》をする度《たび》に
お腹《なか》に涙《なみだ》して産《う》み直《なお》したいと思《おも》うよ。
もう最後《さいご》にしようぜ。

岩崎 雅文
東京都 17歳 高校2年

「息子から母親へ」

痴呆《ちほう》は神様《かみさま》がくれた、天国行《てんごくい》きの切符《きっぷ》だって。
母《かあ》ちゃんよかったね。

「母親から息子へ」

わしは天国《てんごく》も地獄《じごく》も行《い》きたくないね。
お前《まえ》にその切符《きっぷ》あげるよ。

五條 彰久
東京都 71歳

「娘からお父さんへ」

お父《とう》さん、家《いえ》の中《なか》ではネジが一本《いっぽん》壊《こわ》れているね。
そんなお父《とう》さんは楽《たの》しいね。

「お父さんから娘へ」

ありがとう。ネジが壊《こわ》れているのは
一本《いっぽん》じゃないよ、二《に》、三本《さんぼん》あるよ巻《ま》いてね。

小林 依里子
東京都 16歳 高校2年

「姉から弟へ」

一人暮《ひとりぐ》らしに羽伸《はねの》ばして、
あんたにあの気《き》ままなママをまかせちゃって…。
悪《わる》いわね。

「弟から姉へ」

いや、いいよ。
似《に》たようなのが一人減《ひとりへ》って、
我《わ》が家《や》は随分平和《ずいぶんへいわ》になった。

笹淵 友梨子
東京都 19歳 大学2年

「息子から極楽の母へ」

お母《かあ》さんの歳《とし》に並《なら》びましたが
極楽《ごくらく》行《い》きの切符《きっぷ》が買《か》えません。

「極楽の母から息子へ」

黄泉駅《よみえき》に問《と》い合《あ》わせると
五年分《ごねんぶん》は売《う》り切《き》れているそうですよ。

佐竹 観光
東京都 84歳

「青年からおばあちゃんへ」

じいちゃん、オレだけど。
事故《じこ》にまきこまれてヤバいんだ。
金《かね》が必要《ひつよう》なんだよ！

「おばあちゃんから青年へ」

大丈夫《だいじょうぶ》かい、
と言《い》いたい所《ところ》ですが私《わたし》には孫《まご》はいません。
何《なに》より私《わたし》は女《おんな》です！

佐藤 香代子
東京都 16歳 高校2年

「娘から母へ」

お母《かあ》さん、飼《か》い犬《いぬ》をしかる時《とき》、
たまにまちがって私《わたし》の名《な》を呼《よ》びますね。
やめてください。

「母から娘へ」

ごめんごめん。
だって3文字《もじ》で似《に》ているから
ついまちがってしまうのよ。

下條 ちあき
東京都 18歳 高校3年

「孫から祖父へ」

ねえ、おじいちゃん。
夕焼《ゆうや》けがすっごくきれいだよ。
外《そと》に出《で》てみてごらんよ。

「祖父から孫へ」

本当《ほんとう》にきれいだね。
できればお前《まえ》が見《み》た夕日《ゆうひ》を
一緒《いっしょ》に見《み》たかったなぁ。

鈴木 育美
東京都 15歳 中学校3年

「娘から母へ」

私《わたし》、空《そら》を飛《と》びたいの。
空《そら》を飛《と》べたなら弱《よわ》い自分《じぶん》にさよならできるわ。

「母から娘へ」

空《そら》は飛《と》べないから飛《と》びたくなるの。
大切《たいせつ》なのは自分《じぶん》の弱《よわ》さを認《みと》めること。

高田 悠
東京都 19歳 大学2年

「甥から叔父へ」

一度《いちど》だけ、眼鏡《めがね》を飛《と》ばされたな。高二《こうに》の時《とき》。
本気《はんき》だなと思《おも》って。嬉《うれ》しかった。有難《ありがと》う。

「叔父から甥へ」

一度《いちど》も帰《かえ》ってこないものな。
兄貴《あにき》の忘《わす》れ形見《がたみ》だからな。
難《むず》かしかったよ。来《き》なよ。

高見澤 俊昭
東京都 62歳

「娘から父へ」

父《とう》さんへ
一生懸命《いっしょうけんめい》なのは分《わ》かるけど、
食事中《しょくじちゅう》に寒《さむ》いギャグを連発《れんぱつ》しないで。

「父から娘へ」

娘《むすめ》へ
だってそうでもしなければ
父《とう》さんとしゃべってくれないだろう?

遠畑 絢子
東京都 14歳 中学校3年

「飼い主から愛犬へ」

君《きみ》はいつも笑《わら》っているね。
しかっている時《とき》も笑《わら》っている。
何《なに》がそんなにおかしいの？

「愛犬から飼い主へ」

笑《わら》ってなんかいないよ。
呼吸《こきゅう》しているんです。
分《わ》かってくれよ。

富澤 知佳
東京都 14歳 中学校3年

「家族へ」

濁流《だくりゅう》を歩《ある》く人《ひと》　泥水《どろみず》の流《なが》れ込《こ》む家《いえ》
横《よこ》なぐりの豪雨《ごうう》をテレビで見《み》ている
心配《しんぱい》です

「家族から」

記録的《きろくてき》な豪雨《ごうう》で死傷者《ししょうしゃ》も出《で》た
県《けん》の災害予測図《さいがいよそくず》に従《したが》って学校《がっこう》に避難《ひなん》
全員無事《ぜんいんぶじ》

中村　重一
東京都　74歳　会社役員

「娘から父へ」

パパさあ、この頃《ころ》年《とし》だからかもしれないけど、オヤジギャグ多《おお》いよ。しかも寒《さむ》いし。

「父から娘へ」

そうかなあ。でも、一番《いちばん》に気付《きづ》いて一番《いちばん》に笑《わら》ってくれるのは、お前《まえ》だぞ。

樋口 祥子
東京都 15歳 中学校3年

「兄から妹へ」

父《ちち》の看病《かんびょう》、葬儀《そうぎ》、お疲《つか》れさま。
死《し》を看取《みと》って、死《し》に方《かた》＝生《い》き方《かた》を考《かんが》えさせられたね。

「妹から兄へ」

思《おも》い出《だ》して泣《な》きました。
毎日忙《まいにちいそが》しいけど、
自分《じぶん》らしく生《い》きていけばいいよね。

桃井 国志
東京都 61歳

「孫からおじいちゃんへ」

おじいちゃんへ　肩《かた》たたき券《けん》あげます。
どうぞいつでも使《つか》って下《くだ》さい。

「おじいちゃんから孫へ」

ありがとう。でも、
財布《さいふ》と相談《そうだん》しながら使《つか》わせてもらいますよ。

山崎　詩織
東京都　15歳　中学校3年

「姉から妹へ」

私《わたし》の話《はなし》に、いつもうなずいてくれてありがと。
聞《き》いてないと思《おも》うけど、助《たす》かってます。

「妹から姉へ」

そっけないフリしてるけど、
ちゃんと聞《き》いてるから大丈夫《だいじょうぶ》。
いろいろ大変《たいへん》なんだね。

山田 純子
東京都 14歳 中学校3年

「ひ孫からひいばあちゃんへ」

八月六日《はちがつむいか》がまたやってくるね。

ひいばあちゃんの心《こころ》には何《なに》が思《おも》い浮《う》かぶの。


「ひいばあちゃんからひ孫へ」

あの日《ひ》、侑嗣《ゆうじ》は疎開《そかい》していてなぁ。

一正《かずまさ》と話《はな》せるのも仏様《ほとけさま》のおかげじゃのう。

湯浅　一正
東京都　12歳　中学校1年

「妹から兄へ」

兄《にい》ちゃん、もうちょっと
「兄《あに》」らしいところを見《み》せて下《くだ》さいよ。

「兄から妹へ」

「兄《あに》」らしいってどんなだよ。
俺《おれ》は俺《おれ》でお前《まえ》の兄貴《あにき》、
それでいいんじゃない？

遠藤 沙江子
神奈川 18歳 高校3年

「娘からお母さんへ」

今度《こんど》の文化祭《ぶんかさい》は一人《ひとり》で来《き》てね。
絶対《ぜったい》にお父《とう》さんに文化祭《ぶんかさい》のことは教《おし》えないで！

「お母さんから娘へ」

ゴメンね。もう言《い》っちゃったわ…。
でも、お父《とう》さん楽《たの》しみにしてるわよ。

新呂 早智
神奈川 14歳 中学校3年

「妻から夫へ」

飲《の》んべェさん、飲《の》むのはよいけど
私《わたし》を残《のこ》して先《さき》に逝《い》ったりしたら絶交《ぜっこう》だからね。

「夫から妻へ」

絶交結構《ぜっこうけっこう》、お前《まえ》から解放《かいほう》されて嬉《うれ》しいけど
天国《てんごく》にお前《まえ》よりいい女《おんな》が居《い》るかなぁ。

金本 かず子
山梨県 55歳

「娘から父へ」

心配《しんぱい》しないで、ぶどうは今年《ことし》も
ピンクの粒《つぶ》をつけました。おじいちゃん。

「父から娘へ」

ぶとうなんか、ほうっておけ。
おばあさんは元気《げんき》にしてるのか。たのんだぞ。

長谷部 美佐子
山梨県 47歳 幼稚園教諭

「お母さんからあっ君へ」

ねえ、あっ君《くん》、あっ君《くん》は、どうしてそんなに可愛《かわい》いの？
お母《かあ》さん、食《た》べちゃおうかな。

「あっ君からおかあさんへ」

だって、お母《かあ》しゃんから生《う》まれたから。
だから、お母《かあ》しゃん、
ぼくのこと、食《た》べないでね。

碓井 明美
長野県 46歳 塾講師

「母から子供達へ」

もっと抱《だ》っこしたかった。
いっぱい頬《ほお》ずりしたかった。
いつの間《ま》にか大《おお》きくなって。

「長男から母へ」

今《いま》からでも遅《おそ》くないよお母《かあ》さん。
僕達《ぼくたち》その頃《ころ》の事《こと》よく覚《おぼ》えてないしね。

勝野 愛子
長野県 44歳 パート

「私から母へ」

こんな地味《じみ》な着物《きもの》一生着《いっしょうき》ないと言《い》ってたけど、何《なん》や！　似合《にあ》う様《よう》になったわ　ごめん。

「母から私へ」

ほんまや　母《かあ》さんにそっくりや
包《つつ》んで守《まも》ってあげるからね。

樋野 美紀
石川県 53歳 主婦

「息子からお父さんへ」

おとうさん、
ぼくのおこづかいの30えんあげるから、
さみしくなったらでんわしてね。

「お父さんから息子へ」

うれしいことといってくれるなあ。
できればびょういんに
とまってくれるといいのにな。

青池 祐之介
福井県 6歳 小学校1年

「父から娘へ」

嫁《とつ》ぐ日《ひ》に　植《う》えたんだね　赤《あか》い花《はな》

今《いま》、満開《まんかい》だよ　お前《まえ》を思《おも》う。

「娘から父へ」

涙出《なみだで》て　言《い》えぬ　お礼《れい》を　咲《さ》く花《はな》で

風《かぜ》で　揺《ゆ》れたら　それ、おじぎ…なんてね。

荒井 康夫
福井県 62歳

「とっくんから兄へ」

おにいちゃんだからって、
ぼくをいじめるなんてひきょうだぞ。

「兄からとっくんへ」

弟《おとうと》だからって、何《なん》でもしていいと思《おも》うなよ。
二年生《にねんせい》になったんだから。

いけ田 こうき
福井県 7歳 小学校2年

「娘からお父さんへ」

朝《あさ》、いびきをかきながら
熟睡《じゅくすい》してるお父《とう》さんを見《み》ると、
何《なん》となぁくいやされます。

「お父さんから娘へ」

そうかい？
お父《とう》さんも明日香《あすか》の寝《ね》ている姿《すがた》を見《み》ていると、
疲《つか》れなんかとれちゃうよ。

出田 明日香
福井県 14歳 中学校2年

「娘からお母さんへ」

わたしはおおきくなったら、
かんごふさんになりたいけどしごとはたのしい?

「お母さんから娘へ」

肩《かた》もみ上手《じょうず》、湿布《しっぷ》はるの好《す》き、
もうすっかり小《ちい》さな看護師《かんごし》さんになってるよ。

白藤 瑠々
福井県 7歳 小学校1年

「姉から弟へ」

しばらくの間《あいだ》、我《わ》が家《や》の笑顔《えがお》の明《あ》かり、頼《たの》んだよ。

毎日《まいにち》つけ忘《わす》れないで下《くだ》さい。

「弟から姉へ」

まかせとけ。家《いえ》の明《あ》かり一日中《いちにちじゅう》つけとくよ。

安心《あんしん》して行《い》ってらっしゃい。

杉本 絵里佳
福井県 18歳 高校3年

「兄からたかちゃんへ」

たかちゃん大《おお》きくなったら
いっぱいぼくとあそぼうね。
何《なに》してあそぶ？　楽《たの》しみだね。

「たかちゃんから兄へ」

「あぁい。」
—（はぁい。ボクが正義《せいぎ》の味方《みかた》で
お兄《にい》ちゃんは悪《わる》いひとねっ。）—

瀬田 遥稀
福井県　8歳　小学校2年

「娘から母へ」

お母《かあ》さん、
昔《むかし》の若《わか》くて細《ほそ》い時《とき》のビデオ最近《さいきん》よく見《み》てるな。
そんな頃《ころ》には戻《もど》れんで。

「母から娘へ」

あのね、
横《よこ》に写《うつ》ってるあなたの小《ちい》さくて可愛《かわい》い時《とき》の事《こと》、
思《おも》い出《だ》さなやっとられんよ。

高橋 美樹
福井県 15歳 高校1年

「弟から兄へ」

覚《おぼ》えていますか。あの楽《たの》しかった日々《ひび》を。
僕《ぼく》はもう一度《いちど》兄貴《あにき》と野球《やきゅう》がしたい。

「兄から弟へ」

すまん。オレは寿司《すし》職人《しょくにん》になるまで帰《かえ》れん。
一人前《いちにんまえ》になったら真《ま》っ先《さき》にくわしてやる。

谷口 拡
福井県 17歳 高校3年

「娘からとうちゃんへ」

ゴキブリにもおかあさんにもよわい、

そんなとうちゃんが　大《だい》すき。

「父から娘へ」

千聡《ちさと》の大好《だいす》きが父《とう》ちゃんの元気《げんき》の源《みなもと》です。

いつまで言《い》ってくれるかな？

はまだちさと

福井県　7歳　小学校2年

「娘から母へ」

勉強《べんきょう》のこと、部活《ぶかつ》のこと、
あんましうるさく言《い》わないんだね。
そんなんでいいんか？

「母から娘へ」

信《しん》じてるからに決《き》まってんじゃん。
とは言《い》いつつも、
ホントは逃《に》げてんのかも？

東畑 幸世
福井県 16歳 高校1年

「子からお母さんへ」

お母《かあ》さん、わらったりおこったり、
一日中《いちにちじゅう》かおがつかれない？　いそがしいね。

「お母さんから子へ」

だいじょうぶ！
それがしあわせなことなの。
あなたたちが大《だい》すきだからだよ！

藤澤　美咲
福井県　9歳　小学校3年

「姉から弟たちへ」
かいじゅうみたいに、あばれんぼうだけど、
いなくなるとさびしいよお。

「弟たちから姉へ」
ママみたいに、おこりんぼうだけど、
おねえちゃんがいないと、さびしいなあ。

前田 瑠音
福井県 6歳 小学校1年

「弟から姉へ」

姉《ねえ》ちゃん！　カレシがいないからって、
ぼくにだきつくのはやめてくれ。

「姉から弟へ」

そのうち絶対《ぜったい》イイ人《ひと》みつけるで、
もうしばらく我慢《がまん》してね。

山田　賢悟
福井県　8歳　小学校3年

「息子から母へ」

嫌《いや》なんやけど、嫌《きら》いになれん。

どこまでも家族《かぞく》。よろしく。

「母から息子へ」

嫌《いや》なんやけど大切《たいせつ》や。さすが家族《かぞく》。

思《おも》うことも同《おな》じやな。ようこそ。

山田 翔平
福井県 16歳 高校2年

「姉から楓也へ」

ふうやくんは、かいじゅうになったよ。
にんげんになったらあそぼうね。

「楓也から姉へ」

おねえちゃん、おにいちゃん、
しばらくのあいだママをかしてね。

山田 帆乃佳
福井県 6歳 小学校1年

「孫からおじいちゃんへ」

僕《ぼく》は、歴史《れきし》の授業《じゅぎょう》で分《わ》かった事《こと》があります。

おじいちゃんが昔《むかし》、どんな辛《つら》い思《おも》いをしたか。

「おじいちゃんから孫へ」

戦争《せんそう》に従軍《じゅうぐん》し、数々《かずかず》の悲惨《ひさん》な目《め》に遭《あ》い、

子孫《しそん》には絶対平和《ぜったいへいわ》にと念願《ねんがん》しています。

由水 大和
福井県 14歳 中学校2年

「弟から兄へ」

すもももももももももにも
いろいろあるけれど
ぼくはももがすき。

「兄から弟へ」

ぼくのはははは
ははのはははははとわらい
ぼくはははははとわらう。

河村 修平
岐阜県 15歳 高校1年

「娘からお母さんへ」

ずっと思《おも》ってたけど、
お母《かあ》さんの寝《ね》てる姿《すがた》って
トドに見《み》えるんだよねぇ。

「お母さんから娘へ」

疲《つか》れてたんだから別《べつ》にいいでしょ？
そんなこと言《い》って、
トドの娘《むすめ》になりたいの？

日野 里沙子
静岡県 15歳 中学校3年

「父から息子へ」

お前《まえ》、昔《むかし》、高校入試《こうこうにゅうし》で中学《ちゅうがく》の誇《ほこ》りを聞《き》かれ、「ありません」と言《い》って泣《な》いたって話《はなし》、本当《ほんとう》か。

「息子から父へ」

「学校《がっこう》、荒《あ》れてて」などと弁解《べんかい》したがる自分《じぶん》が悔《くや》しくてね。今《いま》、その母校勤《ぼこうづと》め。頑張《がんば》ります。

藤田 好秋
静岡県 73歳

「孫から祖母へ」

おばあちゃん。私《わたし》らのことわからんでいいで
ずっとずっーと長《なが》生《い》きしてな。

「祖母から孫へ」

わからんことないさ。
思《おも》い出《だ》すのにちょっと時《じ》間《かん》がかかるの。
わかってるよ。

三宅 沙知
三重県 27歳 公務員

「父から母へ」

私《わたし》の入院《にゅういん》のせいで家族《かぞく》が大変《たいへん》だろう。
申《もう》し訳《わけ》ない。

「母から父へ」

何《なに》を言《い》うの。貴方《あなた》の入院《にゅういん》のお陰《かげ》で、
今《いま》、家族《かぞく》がひとつになってるのに。

奥村 洋子
京都府 48歳 主婦

「母から息子へ」

回《まわ》り道《みち》でも近道《ちかみち》でも
自分《じぶん》で選《えら》んでいいんだよ。
君《きみ》の人生《じんせい》なんだから…

「息子から母へ」

君《きみ》の人生《じんせい》だといいながら
「よく考《かんが》えて…」
と毎日《まいにち》言《い》うのはやめてくれ。

澤田 ひとみ
京都府 47歳 主婦

「私から母へ」

「早《は》よ寝《ね》ーや!!」

…お母《かあ》さんのこの言葉《ことば》で

テスト勉強《べんきょう》がんばれるねん。

「母から私へ」

この言葉《ことば》でがんばれるなら、

なんぼでも言《い》うで!!…

早《は》よ寝《ね》ーや!!　早《は》よ寝《ね》ーや!!

村瀬　広子
京都府　21歳　学生

「夫から妻へ」

いつも感謝《かんしゃ》してます。
ただし、何《なん》でもかんでも捨《す》てるのはやめてほしい。

「妻から夫へ」

ずっしり重《おも》い初《はじ》めての手紙《てがみ》ありがとう。
貴男《あなた》をほかす事《こと》はないから安心《あんしん》して。

安東 マサコ
大阪府 60歳 主婦

「娘から母へ」

だまって出掛《でか》けてごめんなさい。
ある事《こと》について決着《けっちゃく》をつけてくるね。

「母から娘へ」

何《なん》も聞《き》かへん。
だけど、置《お》き手紙《てがみ》あったから
あんたを信用《しんよう》できてんで。

川野 結芽
大阪府 17歳 高校2年

「母から娘へ」
ただいま。
やっぱあんたお母《かあ》さんがおらんかったら
あかんやろ？

「娘から母へ」
おかえり。
でもお母《かあ》さんも私《わたし》がおらんかったら
あかんよな。

近藤　麻衣子
大阪府　17歳　高校3年

「息子から母へ」

私《わたし》は母《はは》が懐《なつかしい》です。でも私《わたし》は日本《にほん》が楽《たのしい》です。
12月《がつ》に帰《かえ》るのを楽《たのし》みにしている。

「母から息子へ」

私《わたし》は貴方《あなた》が日本《にほん》で楽《たの》しんでいるのお
聞《き》いてうれしいてす。
貴方《あなた》は私《わたし》たちの誇《ほこ》りです。

ジョナサン・マーフィ
大阪府　18歳　留学生

「母から子へ」

おかえり、遅《おそ》かったなあ。
今《いま》の時間《じかん》早《はや》いとは言《い》わんよなあ。

「子から母へ」

顔《かお》だけテレビの方向《ほうむ》いてしゃべるの、
お願《ねが》いやからやめて!!

多賀 真奈美
大阪府 16歳 高校1年

「妹からお兄ちゃんへ」

就職《しゅうしょく》したらお金返《かねかえ》すからちょっとまってて。
今《いま》、金欠《きんけつ》でお金《かね》ないから。

「お兄ちゃんから妹へ」

お前《まえ》おこづかいもらったら
返《かえ》すって言《い》ったやろ。
早《はや》く返《かえ》さないと秘密《ひみつ》バラすぞ。

奈智 亜矢子
大阪府 14歳 中学校3年

「息子からお母さんへ」

毎日《まいにち》仕事《しごと》大変《たいへん》そうだね。
だから今度《こんど》いきぬきに
ディズニーランドに行《い》ってみない？

「お母さんから息子へ」

行《い》きません！
だって君《きみ》たちとの暮《く》らしは
ディズニーランドよりも楽《たの》しいからね。

御厨 雄二
大阪府 15歳 中学校3年

「おばあちゃんへ」

おばあちゃん、長生《ながい》きしろよ。
そのうち、ボケの治《なお》る薬《くすり》ができるかもしれんから。

「おばあちゃんから」

うれしい言葉《ことば》をありがとう。
そやけど、あんたが誰《だれ》かもわからへん。

宮崎 英明
大阪府 54歳

「父から娘へ」

そんなにポルノ《ポルノグラフィティ》見《み》たいんやったら
お父《とう》さんの持《も》っとるビデオ、貸《か》したるわ、ホラ。

「娘から父へ」

真顔《まがお》で娘《むすめ》にエロビデオを渡《わた》さないでください、
お父《とう》さん。本気《ほんき》でちょっと引《ひ》きますから。

吉川 めぐみ
大阪府 17歳 高校3年

「母から息子へ」

ちゃんとご飯《はん》食《た》べてるの。
お洗濯《せんたく》できてる。お風呂《ふろ》入《はい》ってる。お掃除《そうじ》してる。

「息子から母へ」

毎日《まいにち》、大学《だいがく》に行《い》って、楽《たの》しく勉強《べんきょう》してるよ。
それを聞《き》くと思《おも》っているのに。

小田 和子
兵庫県 47歳 主婦

「姉から妹へ」

黄金色《こがねいろ》はね、夏《なつ》の終《お》わりを知《し》る印《しるし》なんだよ。
この意味《いみ》、学校帰《がっこうがえ》りにもうすぐ分《わ》かるよ。

「妹から姉へ」

分《わ》かったよ。麦《むぎ》の色《いろ》の事《こと》だね。
学校《がっこう》の帰《かえ》り道《みち》夕日《ゆうひ》と重《かさ》なって
とてもキレイだったよ。

国京 利恵
兵庫県 19歳 大学1年

「母から息子へ」

母《かあ》さん作《つく》ったパンを早《はや》く食《た》べたくて、
授業中《じゅぎょうちゅう》の姉《ねえ》さん呼《よ》びに行《い》ったの覚《おぼ》えてる？

「息子から母へ」

もちろん覚《おぼ》えてる。
あの頃《ころ》の純粋《じゅんすい》で、まっすぐな気《き》持《も》ち、
今《いま》欲《ほ》しいなあー。

戸田 朋美
兵庫県 47歳 主婦

「息子から母へ」

もう家《いえ》に帰《かえ》るのは嫌《いや》だ！
家出《いえで》してやる。
しばらく家《いえ》には帰《かえ》らない。

「母から息子へ」

あら、そう。
7時《じ》までには帰《かえ》って来《く》るのよ。
門限《もんげん》だから。

西村 瑛貴
兵庫県 15歳 高校1年

「母から娘へ」
もうちょっと部屋《へや》きれいにしとき。
女《おんな》の子《こ》なんやから。

「娘から母へ」
わかったけど同《おな》じ家《いえ》にいるのに
メールしなくていいと思《おも》います。

松本 沙也加
兵庫県 16歳 高校1年

「娘から父へ」

最近《さいきん》、香水《こうすい》の匂《にお》いキツイねん。
おかんのこと困《こま》らすことだけは、やめてな。
ホンマに。

「父から娘へ」

何《なん》や、急《きゅう》に。
俺《おれ》は、気《き》が若《わか》いだけや。
こんなオッサンに寄《よ》ってくる子《こ》は、おらんよ。

米本 恵子
兵庫県 18歳 大学1年

「嫁からお義母さんへ」

お義母《かあ》さんの胡瓜《きゅうり》を切《き》る音《おと》のリズムが、
年々《ねんねん》、ゆっくりしてきましたね。

「お義母さんから嫁へ」

そうかい。私《わたし》はこの頃《ごろ》、
時計《とけい》の回《まわ》るのが速《はや》くなったような
気《き》がするのだが。

竹川 晴子
奈良県 63歳

「夫から妻へ」

今日《きょう》は体調《たいちょう》が悪《わる》いだろうけど

何《なん》でもいいから　弁当《べんとう》を作《つく》ってくれ。

「妻から夫へ」

あなたの何《なん》でもいいは

「俺《おれ》の気《き》に入《い》ったものなら」

という鍵括弧《かぎかっこ》が付《つ》いている。

谷本　和子

鳥取県　53歳　パート

「嫁から義母さまへ」

もう少《すこ》し自立《じりつ》した息子《むすこ》（主人《しゅじん》のこと）に
育《そだ》てておいて下《くだ》さらんと…
私《わたし》、困《こま》っていますよ。

「義母さまから嫁さんへ」

あんたと結婚《けっこん》するまでは
しっかりした子《こ》でした。
甘《あま》えん坊《ぼう》にしたのはあんたやよ。

吉田 篤子
島根県 63歳

「祖父から孫へ」

子《こ》どもの数《かず》が揃《そろ》わず、秋祭《あきまつ》りに山車《だし》が出《だ》せない。
頼《たの》むから山車《だし》を引《ひ》きに帰《かえ》ってくれ。

「孫から祖父へ」

弟《おとうと》も連《つ》れて帰《かえ》るから、
祭《まつ》り寿司《ずし》と甘酒《あまざけ》を作《つく》っておいて。
それに祭《まつ》りの小遣《こづか》いも……。

岸野 洋介
岡山県 71歳 講師

「娘からお父さんへ」

留守電《るすでん》に入《はい》ってたお父《とう》さんの声《こえ》。
消《け》さないでいます。
落《お》ち込《こ》んだ時《とき》聞《き》く為《ため》に。

「お母さんから娘へ」

「そんな事《こと》せずに
何《なに》かあったら電話《でんわ》かけてくればいい。」
ってお父《とう》さんが言《い》ってたよ。

吉本 京子
岡山県 52歳 花嫁介添人

「夫から妻へ」

母《かあ》さんもういいよな。店閉《みせし》めるぞ。
よく頑張《がんば》ったよな、お互《たが》いに。定年《ていねん》にしよう。

「妻から夫へ」

うんもういいよ。未練《みれん》はありません。私《わたし》も。
残《のこ》りの時間《じかん》二人《ふたり》で大切《たいせつ》に使《つか》いましょう。

田附 京子
広島県 64歳 自営業

「妻から夫へ」

痴呆症《ちほうしょう》になっても忘《わす》れたくない。
二人《ふたり》で笑《わら》ったり泣《な》いた事《こと》、何《なに》よりも邦《くに》の顔《かお》を。

「夫から妻へ」

もう、泣《な》くな。俺《おれ》、決心《けっしん》した。頑張《がんば》るから。
京子《きょうこ》の面倒《めんどう》、一生《いっしょう》みるから。心配《しんぱい》するな。

村野 京子
山口県 46歳 会社員

「兄から弟へ」

弟《おとうと》よ、私《わたし》はお前《まえ》の兄《あに》であり、父《ちち》である。
「大好《だいす》き」と言《い》われてとてもうれしかった。

「弟から兄へ」

兄《にい》ちゃんへ、いっつもやさしく、
そして、ときにきびしく、
でも、大好《だいす》きだよ。

久保山 恭平
福岡県 17歳 高校2年

「娘から親へ」

名前《なまえ》が嫌《きら》いでした。
でも、候補《こうほ》の名《な》が書《か》かれた大《おお》きな紙《かみ》を見《み》て、
嬉《うれ》しかったです。

「親から娘へ」

あなたの誕生《たんじょう》までに、たくさんの名前《なまえ》を考《かんが》え、
幸《しあわ》せになるようにと名付《なづ》けました。

柳郷　弥恵子
福岡県　51歳　主婦

「妻から夫へ」

母見舞《ははみま》う貴方《あなた》のやさしさが
私《わたし》の心《こころ》を和《なご》ませてくれる。
庭《にわ》にしみいる虫《むし》の声《こえ》のように。

「夫から妻へ」

うまく言《い》えぬが、ありがとう。
今度《こんど》の里帰《さとがえ》りには、
お母《かあ》さんの肩《かた》を揉《も》ませてもらうよ。

川島 徳子
長崎県 60歳 主婦

「妻から夫へ」

五十年《ごじゅうねん》、妻《つま》を家来《けらい》と思《おも》うてか。

許《ゆる》せぬ。夫《おっと》よ。

そこえ直《なお》れ。三下《みくだ》り半《はん》じゃ。

「夫から妻へ」

奥方《おくがた》サマ、度々《たびたび》の三下《みくだ》り半《はん》、

すぐに忘《わす》れて相済《あいす》まぬ。

平《ひら》にご容赦《ようしゃ》の程《ほど》を。

溝上 志津子
長崎県 74歳

「孫からおばあちゃんへ」

大《おお》きなハンディをせおい、
50歳《さい》で車《くるま》の免許《めんきょ》をとったおばあちゃんに万歳《ばんざい》。

「おばあちゃんから孫へ」

あたり前《まえ》たい。
おばあちゃんに不可能《ふかのう》はなかよ。
頑張《がんば》ったもん。

赤木 綾
熊本県 15歳 高校1年

「娘から父へ」

塾《じゅく》や駅《えき》に送《おく》ってくれたとき、
見《み》えなくなるまで見守《みまも》っている父《ちち》。
恥《は》ずかしいよ。

「父から娘へ」

何度《なんど》もふりかえるのは
そっちの方《ほう》じゃないかい。
行《い》ってらっしゃい気《き》を付《つ》けて。

大山 由華
熊本県 15歳 高校1年

「娘からお母さんへ」

お母《かあ》さんって酸素《さんそ》みたいな存在《そんざい》だと思《おも》って

息《いき》とめたら死《し》にかけた。

「お母さんから娘へ」

お父《とう》さんが窒素《ちっそ》。

お母《かあ》さんが酸素《さんそ》であんた達姉妹《たちしまい》が二酸化炭素《にさんかたんそ》。

誰《だれ》も不可欠《ふかけつ》。

谷口 彩夏

熊本県 16歳 高校1年

「孫からおじいちゃんへ」

すまんじいちゃん、
新車《しんしゃ》にイノヤン（イノシシ）がぶっかかって来《き》た
車《くるま》へコンダ　気持《きもち》もへコンダ

「おじいちゃんから孫へ」

お金《かね》、心配《しんぱい》いらん。
人様《ひとさま》じゃなくてえかった
イノヤンに治療費《ちりょうひ》届《とど》けられんきの

今永 恵子
大分県 57歳 主婦

「娘から父へ」

ちょっと恥《は》ずかしいけど、
お父《とう》さんに風呂《ふろ》に入《い》れてもらいたい時《とき》もあるよ！

「父から娘へ」

入《い》れてあげたいがお断《ことわ》り
「すけべおやじ」と言《い》うじゃないか、
本当《ほんとう》は淋《さび》しいぞ

河津 実幸
大分県 17歳
養護学校高等部3年

あとがき

新一筆啓上賞はこの回が二回目となりましたが、「日本一短い『母』への手紙」に始まった一筆啓上賞を含めると、十二回目を数えました。

「日本一短い『家族』への手紙」には六万二三七六通の応募がありました。短いからこそ本音で語られた、その深い想いは新鮮でした。

そこでもう一度、「家族」をテーマに、今度は往復書簡形式で「日本一短い手紙」を募ってみたら、いったいどんな手紙が寄せられるのだろう……。

そんな想いでスタートした新一筆啓上賞。ここに収められた一四九篇の作品から、皆さんは何を感じますか?

ちょっとしたユーモアから、幸福を希求する家族の姿が見受けられます。

何げない言葉から、涙の一滴を感じることができます。

たわいのない言葉のやりとりがかもし出す家族同士の人情の機微が、時間をかけて、ゆっくりと伝わってきます。それらは一つの「小さな物語」のようです。

ここに収められた一四九篇の手紙（小さな物語）は、それぞれの家族の小さな物語ではありますが、共感と共鳴を覚える作品があまりに多いことに、皆さんも驚かれたのではと存じます。

この一四九作品のどれかと出会うことで、ぜひ共に感じあう家族にしてください。手紙にはそれぐらいの力があると信じています。

予備選考の中心となっていただいた住友グループ広報委員の浅里拓自さん、北本康雄さん、得田和徳さん、そして事務局の小鷹顕さん、松本正子さん、ありがとうございました。ほとんどの作品を落とさなければいけない心の痛みと戦っていただきました。

井場満さんには、住友グループを代表して「大切なことを人から人へ」の精神で最終選考にあたっていただきました。小室等さんは全体のとりまとめ役として大切な作品を見逃しませんでした。佐々木幹郎さんには詩人として心に伝わるべき確かな作品をおさえていただきました。中山千夏さんはおもしろき家族の姿をなんとかひっぱりだしてくださりました。西ゆうじさんは地元代表ながらこの賞の重要なことを語ってくださりました。ほんとうに皆様、ありがとうございました。

日本郵政公社（現　郵便事業株式会社）のあたたかいご支援に感謝します。住友グループの皆様にはご支援だけでなく、共に力強く歩ませていただいているような親しみを感じております。ありがとうございました。

この増補改訂版発刊にあたり、丸岡町出身の山本時男さんがオーナーである株式会社中央経済社の皆様には、大きなご支援をいただきました。

最後になりましたが、西予市との友好関係がさらに進化し、発展することに対して、関係者の方々に感謝いたします。

二〇一二年四月吉日

編集局長　大廻　政成

日本一短い手紙「家族」殿　新一筆啓上賞〈増補改訂版〉

二〇一二年五月一日　初版第一刷発行

編集者――喜夛正之
発行者――山本時男
発行所――株式会社中央経済社
〒一〇一－〇〇五一
東京都千代田区神田神保町一－三一－二
電話〇三－三二九三－三三七一（編集部）
〇三－三二九三－三三八一（営業部）
http://www.chuokeizai.co.jp/
振替口座　00100-8-8432
印刷・製本――株式会社　大藤社
編集協力――辻新明美

＊頁の「欠落」や「順序違い」などがありましたらお取り替えいたしますので小社営業部までご送付ください。（送料小社負担）

ISBN978-4-502-45520-9　C0095